Dans la même collection :

Lucile et Julien en Italie

Une histoire de
Micheline GENZLING
Illustrée par
Carlos TEIX

Editions S.A.E.P.

Chapitre I

LE FACTEUR VIENT DE PASSER

- Vous avez une lettre de vos amis
Marc et Marie, annonce maman.
Lucile et Julien rentrent de l'école
affamés. La table est mise, le
déjeuner est prêt. Mais les nouvelles des amis ne peuvent pas

attendre. L'enveloppe est posée sur la commode de l'entrée, encore fermée. Maman ne décachette jamais le courrier de ses enfants, c'est un tel plaisir de le faire soi-même !

Julien se précipite.

- C'est à moi de l'ouvrir et de la lire. Lucile a lu celle du mois dernier.

Depuis l'été qu'ils ont passé ensemble à la ferme des Michaud, les quatre enfants s'écrivent régulièrement, au moins une fois par mois. Lucile ne proteste pas : la règle, c'est la règle. Pour éviter les récriminations et les querelles, maman a institué celle-là. Lucile et Julien ont chacun leur tour de lecture et les lettres sont classées précieusement dans un joli coffre qui porte l'étiquette "Lettres de Marc et de Marie".

Julien prend un coupe-papier, fend l'enveloppe, fait semblant de mettre des lunettes, tient la lettre à bout de bras, puis la rapproche de son nez, se racle la gorge. Sa sœur trépigne d'impatience.

- As-tu bientôt fini de jouer la pantomime, ce n'est pas le moment ! Lis, sapristi !

Julien consent à mettre fin au suspense. D'ailleurs il meurt d'envie, lui aussi, de savoir ce que racontent leurs amis.

- Tiens, pour une fois, c'est Marc qui écrit.

Chapitre II

UNE PROPOSITION
INTERESSANTE

- Voici donc le message de nos amis, poursuit Julien.

"Chers Lucile et Julien,

Je me vois obligé de prendre la plume, moi qui, comme vous avez dû le constater, n'aime pas trop écrire. Marie est au fond de son lit avec une angine rouge ou blanche. Le docteur n'a pas précisé, mais en tout cas Marie, elle, est toute rouge car elle a beaucoup de fièvre ! Maman dit qu'il faut que vous sachiez le plus vite possible quels sont nos projets pour l'été. C'est donc moi qui suis chargé de vous les communiquer. Nous avons bien fait d'aller camper chez les Michaud pendant les vacances de Pâques (à ce propos, comme on s'est amusé en cherchant les nids dans toute la ferme, j'en ris encore !). En effet, papa ne pourra pas prendre de vacances cet été... Attendez, ne pleurez pas ! Il a eu une idée fantastique. Comme il sera à Rome quelques jours en août, il propose que nous l'accompagnions. Et vous ? Eh bien, vous, vous nous y rejoindrez ! Je suis sûr que vous réussirez à convaincre vos parents d'aller en Italie..."

Au moment même où Julien prononce ces paroles, papa apparaît au seuil de la salle à manger. Il comprend aussitôt.

- L'Italie, pourquoi pas ? J'avais envie d'aller à l'étranger cette année.

13

- Youpi ! Hourra ! Bravo ! hurlent Lucile et Julien.

Maman, de son côté, est ravie. L'Italie, c'est le soleil, ce sont des villes merveilleuses à visiter et certainement beaucoup d'imprévu et de nouveauté.

- Un voyage aussi long se prépare avec soin, ajoute papa. Il va falloir que je me documente et que j'achète des cartes.

- Et la fin de la lettre, tu l'oublies ! réclame Lucile.

Julien récupère à ses pieds la feuille qu'il avait fait tomber en gesticulant. Il continue sa lecture.

- "Donnez-nous vite de vos nouvelles. J'espère que nous nous reverrons à Rome. Comme j'ai dit l'essentiel, je m'arrête là. Dès que Marie sera moins rouge, elle vous écrira... Je vous embrasse. Marc."

- Je reconnais bien là Marc, s'amuse maman. Il ne risque pas d'avoir la crampe de l'écrivain, lui !

- La crampe de l'écrivain ? demande Lucile un peu inquiète (car elle, au contraire de Marc, écrit des romans fleuves).

- C'est une crampe à la main. Les doigts se raidissent et le poignet s'ankylose lorsqu'on écrit trop et trop longtemps.

- Alors, tu ferais mieux de taper à l'ordinateur, lance Julien à sa sœur. Tu noircis des kilomètres de feuilles. Ce n'est pas une crampe que tu risques, c'est la paralysie !

- Allez, à table maintenant ! ordonne maman.

Et tout le monde éclate de rire lorsqu'elle apporte le déjeuner. Coïncidence ou don de double vue ? Elle a préparé des pâtes à l'italienne !

Chapitre III

PROMESSE A FLAMME

Le mois d'août est arrivé. Toute la famille se prépare à découvrir l'Italie. La caravane est prête dans le jardin. Lavée, ses pneus gonflés, elle semble dire : "vivement le départ !" C'est ce que pensent aussi Lucile et Julien pour qui les préparatifs sont toujours trop longs.

- Regardez ce que je vous ai acheté ! dit maman qui revient des courses.

Elle sort de son sac deux splendides casquettes pourvues d'immenses visières.

- Je ne veux pas que vous attrapiez des insolations. Le soleil tape dur en Italie !

- Moi je ne risque rien, dit Lucile. J'ai la tête solide, mais Julien pourrait devenir tout à fait fou, lui qui l'est déjà un peu !

Aussitôt, Julien saute sur sa sœur et lui chatouille les côtes. Flamme aboie joyeusement autour des enfants. Elle ne perd jamais une occasion de chahuter !

Lucile la regarde avec mélancolie :

- Pauvre Flamme, tu ne sais pas ce qui t'attend... Viens ma

Flamme, mon amour, ma gre-
nouille...

Lucile câline la petite chienne qui
s'est mise sur le dos pour qu'elle
lui caresse le ventre.

- Lucile, cesse de dramatiser.
Flamme sera très bien chez ton
oncle. Elle le connaît et elle aura
un jardin comme ici.

Cette année, pour la première fois,
Flamme ne partagera pas les
vacances familiales.

- D'ailleurs, ajoute maman, elle n'aurait pas été très heureuse avec nous. Nous allons nous déplacer souvent, faire beaucoup de visites et elle a horreur de ça.

- Je te rapporterai des nouilles, fripouille, chantonne Lucile (car personne n'a oublié que Flamme adore les pâtes).

- Rassemblez les jouets et les livres que vous voulez emporter, dit maman. J'aimerais commencer à charger la caravane.

Un peu plus tard, parents et enfants vont et viennent entre la maison et la caravane. Il ne faut rien oublier : vaisselle, vêtements, provisions. Lucile et maman rangent l'intérieur de la caravane. Papa et Julien emplissent le coffre de la voiture.

Tout à coup un grand bruit se fait entendre.

Chapitre IV

L'ACCIDENT DE JULIEN

- Julien !

C'est papa qui vient de crier et sa voix est pleine d'angoisse. Lucile et maman sortent précipitamment. Sur les dalles de la cour, Julien est allongé à plat ventre, inerte.

- Je n'y comprends rien, dit papa. J'étais rentré au garage pour chercher le réchaud de camping. Il a dû monter sur le mur et tomber.

C'est justement contre le mur d'enceinte que papa range la caravane.

- Mais quelle idée lui est passée par la tête ? s'écrie maman.

Sans perdre un instant, elle retourne Julien sur le dos. Il a l'air mal en point, mais Dieu soit loué, il pleure à gros sanglots : il n'est pas assommé !

Sur son front une énorme bosse violacée commence à pousser et il saigne du nez.

Papa soulève Julien et l'emporte dans la salle de bains pour lui donner les premiers soins. Dès que la bosse est recouverte de pommade et que les saignements de nez sont arrêtés, papa et maman demandent des explications.

- Qu'est-ce-qui t'a pris Julien ?

- Je me suis amusé à envoyer le volant de mon badminton en l'air et il est retombé sur le toit de la caravane. J'ai voulu le chercher. J'ai escaladé les piliers mais en voulant me pencher sur le toit de la caravane, j'ai glissé...

Les larmes remontent aux yeux de Julien. Il a eu très peur et il a encore très mal. L'arête de son nez commence à gonfler.

- Je pense qu'il vaudrait mieux appeler le docteur, propose maman.

- Est-ce-qu'on va quand même pouvoir partir après-demain ? gémit Julien.

- C'est le médecin qui décidera, dit papa.

Les parents prennent l'événement avec calme. C'est la vie ! Que de fois Lucile et Julien les ont obligés à modifier leurs projets !

- Ne te fais pas de soucis, Julien, nous partirons de toutes façons. Il faudra peut-être simplement écourter un peu nos vacances.

- Ce n'est pas aussi grave que lorsque j'ai fait ma rougeole l'année où on devait aller aux sports d'hiver, ajoute Lucile.

Julien est si penaud, son visage est si tuméfié qu'elle est tout émue. On a beau se chamailler avec son frère à longueur de journée, on l'aime quand même !

Le docteur rassure heureusement tout le monde.

- Une bonne nuit de sommeil, et tout ira mieux. Je ne crois même

pas utile de faire des radios...
Simplement, Julien, il va falloir
que tu emportes ta bosse en
Italie ! conclut-il en riant.

Chapitre V

EN ROUTE !

Le lendemain soir, la famille est réunie autour de papa qui donne ses dernières instructions.

- Demain, lever à cinq heures trente, départ à six heures. Nous avons une longue route à faire

jusqu'à Venise, qui est notre première étape principale. En pas-
sant, nous nous arrêterons sur un
camping du Lac de Garde. Tenez,
les enfants, je vous ai fait une
petite carte pour vous tout seuls.
Vous pourrez y suivre notre itiné-
raire.

Sur un carton rectangulaire, papa
a dessiné l'Italie.

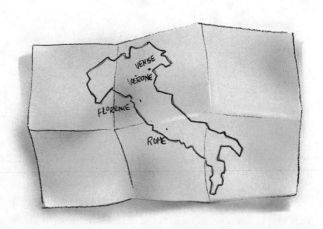

- On dirait vraiment une botte ! remarque Lucile. On voit même le talon.

- Les taches bleues tout en haut sont les lacs au bord desquels nous allons camper bientôt. Les gros points rouges sont les villes que nous allons visiter.

Lucile se penche et lit : "Vérone, Venise, Florence, Rome". Papa précise :

- Avant de rencontrer Marc et Marie et leurs parents à Rome, nous ferons connaissance avec d'autres régions d'Italie. Cette fois, nous faisons du camping itinérant.

- Qu'est-ce-que ça veut dire "itinérant" ? demande Julien qui semble bien remis de sa chute.

Sa curiosité reste toujours en éveil. Il a horreur de ne pas comprendre les mots qu'utilisent les adultes. Il a toujours l'impression que ces mots cachent un mystère.

- Itinérant veut dire qu'on se déplace. Jusqu'à maintenant, nous sommes toujours restés sur le même camping. Cette année, nous allons en changer plusieurs fois.

- Alors, on n'aura pas le temps de se faire des copains, regrette Julien.

- Pourquoi pas ? De toutes façons, à Rome, vous aurez Marc et Marie. Et puis, je peux vous assurer que vous n'allez pas vous ennuyer !

- Je téléphone à oncle Pierre pour savoir si Flamme va bien et si elle s'habitue, intervient Lucile.

- Flamme va très bien, affirme oncle Pierre. Elle a même dormi au pied de mon lit. Ne vous faites aucun souci, les enfants !

Elle va prendre de mauvaises habitudes, proteste maman. J'étais certaine que Pierre ne résisterait pas à cette petite charmeuse de Flamme !

Le lendemain matin, les enfants montent en voiture, prêts à affronter sans se plaindre la longue journée de route qui les attend.

- Avec Flamme, on s'ennuie quand même moins, soupire Lucile.

- Moi, je dors, vous me réveillerez si vous voyez quelque chose d'intéressant, décide Julien.

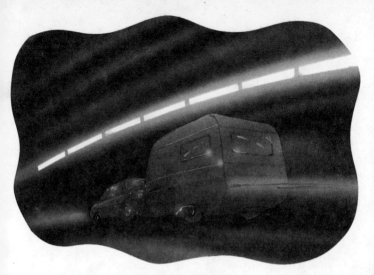

Chapitre VI

ON PASSE LA FRONTIERE

C'est de lui-même que Julien se réveille lorsque la voiture embarque dans le train qui traverse le tunnel du Saint-Gothard.

- Où est-on ? Il fait tout noir !
- Pour aller en Italie, il faut traverser les Alpes, gros bêta ! lui lance Lucile, moqueuse.

- Tu es drôle, je rêvais que j'explorais le centre de la terre et je me réveille dans l'obscurité. Ça donne un choc !

- Tu risques d'avoir un autre choc à la frontière. Avec ton nez énorme et ton front déformé, les douaniers vont te prendre pour un dangereux bagarreur ! Ils ne te laisseront peut-être pas passer ! plaisante papa.

Au poste de douane, les enfants sont émus : c'est la première fois qu'ils quittent la France. Le douanier prend les cartes d'identité, jette un coup d'œil dans la voiture. Ouf ! Le visage de Julien (qui retient son souffle) n'a pas l'air de lui paraître inquiétant. Il fait signe d'avancer.

- Les enfants, vous êtes en Italie ! lance papa. Je vous signale que dans quelque temps, on circulera librement en Europe. Julien pourra aller sans crainte en Italie, avec au front trois bosses trois fois plus grosses que celle-ci. Il n'y aura plus de poste-frontière.

- Cesse de plaisanter à propos de la bosse de Julien, dit maman. Nous avons quand même eu très peur.

Les enfants regardent de tous leurs yeux la campagne enso-leillée. Ils viennent de passer d'un pays à l'autre : qu'est-ce qui a changé ?

- Les noms italiens sont jolis, remarque Lucile. Ils se terminent tous par o, a, i...

- Pour te contredire, je vous annonce que nous allons nous arrêter à Sirmione, annonce papa...

Sirmione est une adorable petite ville au bord du Lac de Garde. Au loin, les enfants aperçoivent la sil-houette d'un château du Moyen-Age.

- On le visitera demain, promet papa, tout content d'être enfin arrivé.

Chapitre VII

HISTOIRE DE SANDALE

- Vous êtes déjà dorés comme des brugnons ! s'exclame maman un matin au petit déjeuner. De vrais petits brugnons d'Italie !

Des brugnons - on les appelle aussi nectarines - Lucile et Julien en font des festins. Depuis leur arrivée en Italie, ils se gavent de fruits : abricots, pêches, raisins et ces merveilleuses figues fraîches qui fondent sur la langue.

- Cet après-midi, nous visitons Vérone, annonce papa. Tâchez de ne pas vous fatiguer ce matin. Nous marcherons beaucoup.

Cette perspective ne plaît guère à Julien et à Lucile qui font la grimace...

- Ne froncez pas les sourcils, continue papa. Il y en aura pour tous les goûts. Pour toi Julien, un château du Moyen-Age et un amphithéâtre romain. Et à toi Lucile, maman te racontera une extraordinaire histoire d'amour qui s'est passée ici. Elle vaut tous les contes de fées, tu sais.

En prévision des fatigues de l'après-midi, les enfants passent la matinée à lire et à jouer sous l'arbre qui ombrage la caravane.

- Le Castelvecchio, c'est-à-dire le vieux château, est construit tout en briques, commente papa en arrivant sur le large pont qui traverse le fleuve et conduit au château.

Pour la première fois, Julien fait des photos avec l'appareil que son parrain lui a offert. Papa l'aide et le conseille.

- Il faut bien cadrer ce que tu veux photographier. Organise l'image

que tu désires avoir. Par exemple il ne faut pas trop de ciel… Tiens ton appareil bien droit. Retiens ta respiration pour ne pas bouger quand tu appuies sur le déclencheur.

Oncle Pierre a choisi un appareil très simple, mais quand même, ce n'est pas si facile ! Des touristes regardent Julien d'un air étonné et admiratif. Ils n'ont pas l'habitude de voir un jeune garçon avec un appareil photo en main.

Oncle Pierre a une théorie : "un enfant qui a l'âge de raison peut apprendre n'importe quoi, pourvu qu'il en ait envie et qu'on le guide". Or Julien a très envie de faire des photos. Il veut garder un souvenir personnel de ce qui lui plaît.

- Je vais faire un tour un peu plus haut ! dit Lucile que tous ces arrêts-photos commencent à lasser.

Elle suit le chemin de ronde et admire la ville au loin. Pour ne pas trop s'éloigner et rester visible, elle s'assied sur la pierre chaude en attendant les autres.

- Je vais en profiter pour enlever le petit caillou que je sens dans ma sandale gauche, se dit-elle. Aussitôt dit, aussitôt fait. Elle secoue énergiquement la chaussure... qui lui échappe et tombe dans des buissons touffus une dizaine de mètres en contrebas !

- C'est malin ! s'exclame maman arrivée sur les lieux. Tu as vu l'à-pic ? Il est impossible de récupérer ta sandale.

- Tu te prends pour Cendrillon ! pouffe Julien.

Il hurle de rire en voyant l'air penaud et le pied nu de sa sœur.

- Je ne vois qu'une solution, dit papa : acheter d'autres sandales. D'ailleurs, celles-ci t'étaient un peu justes, n'est-ce pas Lucile ? Et puis, cela te donnera l'occasion d'emporter un souvenir utile de Vérone. Tout le monde sait que les chaussures italiennes sont d'excellente qualité. Nous reviendrons demain pour visiter les arènes.

Cher papa ! Il n'aime pas voir ses enfants malheureux et sait toujours trouver les mots qu'il faut pour les consoler.

Chapitre VIII

LUCILE ET ROMEO

La première chose qu'il s'agit donc de faire en arrivant au centre ville, c'est trouver un magasin de chaussures... Il y en a des quantités... Lucile marche pieds nus.

- Je suis moins ridicule ainsi que si je marchais à cloche-pied, décide-t-elle.

Mais surveiller ses pieds sur le trottoir et examiner les devantures, cela demande beaucoup d'attention. Julien continue à rire à perdre haleine.

- Tu ressembles à une inspectrice de police qui chercherait un voleur en marchant sur des œufs !

- Maman, regarde celles-ci, je les trouve jolies, dit tout à coup Lucile.

- On se retrouve près de la fontaine, décide papa. Viens Julien, nous allons explorer la Piazza delle Erbe, c'est-à-dire la Place des Herbes. C'est la place du marché.

Même les "hommes" de la famille sont séduits par les nouvelles chaussures de Lucile : des sandales blanches à lanières surmontées d'une rose en cuir blanc découpée finement.

- Maintenant, cherchons la maison de Juliette, dit maman.

C'est un haut bâtiment médiéval en briques. Dans la cour, de nombreux touristes photographient un vieux balcon orné de sculptures.

- Je vais vous raconter pourquoi cette maison est célèbre, dit maman. Autrefois y vivait une jeune fille appelée Juliette Capulet. Elle aimait un jeune homme nommé Roméo Montaigu et lui l'aimait aussi. Mais leurs deux

familles étaient ennemies. C'est
donc secrètement qu'ils durent se
marier. Peu après, Roméo tua un
cousin de Juliette. Il dut quitter
Vérone et vint lui faire ses adieux à
ce balcon. Tous deux étaient très
tristes. On obligea ensuite Juliette
à se fiancer. Pour éviter le mariage,
elle avala un breuvage qui devait
faire croire qu'elle était morte.
Roméo apprit la nouvelle de sa

mort et se tua sur son corps. Lorsque Juliette se réveilla, elle se tua à son tour lorsqu'elle vit que Roméo était mort. Aucun des deux ne pouvait vivre sans l'autre. Cette histoire est connue dans le monde entier. Ainsi les deux jeunes gens sont restés vivants dans la mémoire des hommes.

- Maintenant je comprends pourquoi la maîtresse a dit un jour à Martine qui taquinait Jean-Luc : "cesse donc d'ennuyer ton Roméo". Tout le monde sait que Jean-Luc est le fiancé de Martine !

- Et toi, Lucile, tu as qui pour fiancé ? demande papa.

Lucile rêve et Julien répond pour elle.

- Elle en change tout le temps. D'ailleurs, elle ne pense qu'au prince charmant, un pauvre écolier ne peut lui suffire !

Oui, Lucile rêve... Quelle belle et dramatique histoire maman vient de raconter !

Elle est si impressionnée que la nuit suivante, elle poursuit son rêve en dormant. Penchée au-dessus des douves du Castelvecchio, elle cherche désespérément des yeux sa sandale disparue. Tout à coup, près d'elle, surgit un beau jeune homme brun en costume d'autrefois. Il a à la main sa sandale et lui sourit.

- Je suis Roméo. Si cette sandale est à toi, je t'épouse.

Lucile ne parle à personne de ce qu'elle a vu. Son imagination lui appartient. Elle peut faire se retrouver des personnages de tous les temps et de toutes les histoires, changer les événements, en un mot vivre autrement et ailleurs.

Chapitre IX

EN GONDOLE

- La première chose qu'il faut faire à Venise, c'est découvrir les canaux, annonce papa. C'est une ville entièrement construite sur l'eau, plus exactement sur cent dix huit îlots séparés par cent soixante dix sept canaux. C'est pourquoi on dit qu'elle est née de la mer.

- Mais alors, tout est sur pilotis ? demande Julien.

- Pratiquement tout. On a planté des milliers de pilotis pour soutenir les maisons et les palais. Et la ville est très menacée par la mer, les inondations, l'humidité.

Le soleil du matin éclaire les façades roses et ocres des maisons. Lucile et Julien suivent leurs parents en silence. Tout leur semble incroyablement nouveau et mystérieux ici : les ruelles étroites, les petites places tranquilles, les vieux ponts qu'il faut sans cesse traverser. Papa dit que cette ville est restée la même depuis des siècles, qu'elle a été très puissante et très riche, que son carnaval est très célèbre. Et si, au détour d'un palais, surgissait une belle dame masquée ?

- Nous pourrions prendre un vaporetto, dit papa, c'est à dire un bateau à moteur. Mais pour votre premier jour à Venise, je vous offre une promenade en gondole sur le Grand Canal.

Assis à l'avant de leurs embarcations, les gondoliers attendent les clients. Ils sont superbes avec

leurs chemises blanches et leur chapeau de paille rond orné d'un ruban rouge. Pendant que papa discute le prix de la promenade, Julien examine les barques. Longues et fines, peintes en noir, elles sont d'une remarquable élégance.

- Allez, embarquez ! dit papa.

Le gondolier tend la main pour aider chacun à monter.

- Merci, dit maman.

- Grazie ! dit Lucile qui a décidé d'apprendre un peu d'italien.

- De rien mademoiselle, répond le gondolier.

Papa éclate de rire.

- Monsieur parle très bien français ! explique-t-il.

- Je m'appelle Carlo. Vous pouvez me poser des questions, si vous voulez.

L'accent de Carlo est délicieux, il fait chanter la fin des mots.

- Le Grand Canal est appelé la plus belle rue du monde, dit fièrement Carlo.

Chapitre X

SAUVETAGE

L'embarcation glisse entre les façades de palais magnifiques. L'un est même décoré d'or. Jamais les enfants n'ont vu autant de richesses et de beautés en un seul endroit. C'est aussi passionnant qu'un conte de fées ou un film d'aventures.

- Là-bas, c'est le palais des Doges, explique papa. Les Doges étaient les dirigeants, les chefs de Venise.

Ce qui intrigue Julien, c'est la façon dont Carlo manie l'aviron unique, debout à l'arrière. Il meurt d'envie d'essayer.

- C'est impossible mon petit, dit Carlo (il prononce imm-possible !). Il faut dix ans pour devenir un bon gondolier.

Mais le dieu vénitien des aventures a pitié de Julien : il faut qu'il lui arrive quelque chose. Tout à coup, sur l'eau grise du Canal, il aperçoit un objet bizarre qui flotte, disparaît, réapparaît, disparaît à nouveau.

- Carlo ! vite, approchez-vous ! Je vous assure, j'ai entendu un miaulement.

Julien supplie. Carlo ralentit, pointe l'aviron vers l'objet flottant. C'est un sac en plastique fermé par une ficelle. Julien tend le bras... et manque de tomber à l'eau.

- Attention ! crie maman.
- Papa, aide-moi ! supplie encore Julien.

Remue-ménage dans la gondole.

- Doucement ! recommande Carlo.

Papa ramène enfin le paquet... Ce que Julien a entendu était bien un miaulement. Le sac contient un chaton qui remue faiblement.

- Il y a beaucoup de chats à Venise, explique Carlo. Alors, parfois, on en supprime.

- Celui-ci vient d'être jeté à l'eau, dit papa. Quelques minutes de plus, et il était mort.

C'est un chaton d'un joli roux.

- Un vrai blond vénitien, s'étonne maman. C'est surprenant. Mais qu'allons-nous faire de cet animal ?

Carlo est décidément l'homme qu'il fallait rencontrer aujourd'hui. Non seulement il parle français, mais il a aussi bon cœur.

- Je le prends. Mes enfants seront très contents. En attendant de rentrer ce soir chez moi, je vais le donner à une de mes cousines qui est marchande de fruits tout près d'ici.

En débarquant, parents et enfants remercient encore mille fois Carlo : leur premier souvenir de Venise sera inoubliable.

- J'habite sur la petite île de Murano, 12 Calle Fabbri, c'est-à-dire 12 rue Fabbri. Si vous allez à Murano, passez voir le chat, propose Carlo.

- Celui-ci, on pourrait l'appeler "sauvé des eaux", dit maman. Mais je ne sais pas comment cela se dit en italien !

Chapitre XI

LES PIGEONS DE LA PLACE SAINT-MARC

Il y a foule sur la place Saint-Marc, un des endroits les plus connus de Venise. Après avoir visité la basilique et son trésor d'objets en or, la famille s'est installée à une terrasse, sous les arcades. Les enfants en profitent pour continuer leur concours... un concours bien particulier : un concours de boutons de moustiques !

- J'en ai deux nouveaux au bras droit, annonce fièrement Julien. Ça m'en fait huit !

Sa bosse au front a presque entièrement disparu. Il n'en reste plus qu'un léger bleu, à peine visible sous son hâle de plus en plus foncé.

- Tu n'es pas près de me rattraper. J'en suis à dix-sept, affirme Lucile.

- Tu dois vraiment être bonne à manger, ma pauvre chérie ! intervient maman. Il faut absolument que j'achète un produit anti-moustiques.

- Eh bien, nos moustiques bien-aimés seront déçus la nuit prochaine, dit Julien. Je les imagine en train de nous guetter, cachés derrière les rideaux de la caravane. "Miam-miam, cette Lucile est délicieuse", dit papa-moustique à maman-moustique. Mais bêe ! ... quelle est cette odeur horrible... au secours, Lucile est devenue dégoûtante !

Les yeux des parents rient, mais Lucile est furieuse.

- Ce n'est pas drôle, c'est un véritable supplice ! Je déteste les moustiques !

Pour se consoler, elle sort de son sac ses derniers achats.

- Regardez mes jolies "cartolina".

- Tu ne peux pas dire "cartes postales" comme tout le monde, proteste Julien. En rentrant chez nous, tu ne sauras même plus parler français.

- En tout cas, moi, je ne me perds pas en allant me laver les mains au restaurant. Je sais que "ingresso" veut dire entrée et "uscita" sortie.

Julien lui lance un regard féroce. Il est encore vexé de ce qui lui est arrivé dernièrement. Mais les couloirs de ce restaurant étaient interminables, avec des marches à monter, puis à descendre... Papa l'a finalement récupéré... dans les cuisines !

Pour changer de sujet, Julien demande :

- Est-ce-que je peux aller photographier les pigeons ?

Des dizaines et des dizaines de pigeons évoluent sur la place. Les uns marchent à petits pas sur le sol dallé, d'autres volettent du campanile, une tour très haute, au palais des Doges. Ils se laissent approcher et photographier, comme des vedettes.

Julien contemple longuement le spectacle. De l'autre coté de la place, Lucile et ses parents le voient s'approcher d'une petite fille. Agenouillée, elle donne des miettes aux pigeons et l'un d'eux picore jusque dans sa main.

Clic ! Julien a pris une photo.

- Cette petite fille en rose, au milieu des pigeons presque noirs, ça ne va pas être mal, pense-t-il.

Chapitre XII

CACHE-CACHE DANS LES AIRS

Julien se promène lentement à la recherche de belles photos à faire.
- Oh ! le superbe pigeon !
C'est vrai que cet oiseau est différent des autres. Ses pattes d'un rouge vif tranchent avec le plumage de son dos, beige clair et

d'un gris presque bleu. Il remue doucement la tête en marchant.

- Celui-là, je le veux ! se dit Julien en le suivant. Mais il faudrait qu'il s'arrête. Ma photo va être floue !

Tout à coup, le pigeon s'envole et s'engouffre dans une ruelle. Il se perche sur un balcon. Julien s'immobilise, la tête levée.

- Il va bien redescendre, c'est en bas qu'on nourrit les pigeons.

Pas du tout. Le pigeon reprend son vol, tourne au coin de la ruelle, se pose sur un toit... Julien court... L'oiseau a disparu.

La ruelle est déserte, on n'entend plus les bruits de la place Saint-Marc. Pourtant, elle ne doit pas être si loin. Aller à droite ? Aller à gauche ? Julien commence à s'affoler et en même temps il est furieux contre lui-même.

- Je passe mon temps à me perdre, c'est une vraie maladie ! Réfléchissons.

Il essaie de reconstituer en pensée le chemin parcouru par l'oiseau... et par lui.

- Je rebrousse chemin jusqu'à ce coin de rue, je tourne à droite... je devrais tomber sur la place Saint-Marc... Ouf ! ça y est !

Au moment où Julien débouche à l'endroit où il a photographié la

petite fille, il aperçoit sa sœur et ses parents. Ils tournent sur eux-mêmes comme des toupies pour explorer des yeux tous les coins et recoins de la place.

- Mais où étais-tu passé ? Tu nous en as fait, une peur ! gronde maman.

- Je suis allé voir s'il n'y avait pas une photo intéressante à réaliser dans cette ruelle, répond Julien.

Il est bien décidé à ne pas avouer sa mésaventure. Et cela, même sous "la torture lucilienne". Il appelle ainsi les chatouillis atroces que sa sœur lui fait subir lorsqu'elle réussit à l'attraper.

Lucile n'a d'ailleurs pas l'air de croire à cette réponse. Elle lance un regard soupçonneux à son frère.

- Tu sais bien que maman n'aime pas qu'on s'éloigne... Allez viens,

papa veut nous photographier au milieu des pigeons. C'est bien son tour.

Et qui est là, au milieu de la place, installé sur un réverbère à lanterne rose ? Le magnifique pigeon de tout à l'heure. Du haut de son perchoir, il a l'air de narguer Julien. Dans son œil moqueur, une lueur semble dire :

- Alors, on recommence le jeu ?

Chapitre XIII

DANS LES ILES

- Quand irons-nous à Murano ?
demandent les enfants.
Ils suivent courageusement leurs
parents dans les musées. Mais ils
voudraient bien avoir des nouvelles du chaton roux sauvé par
Julien. Le hasard n'a pas voulu

qu'ils revoient Carlo. Les touristes sont nombreux et le gondolier doit être sans cesse sur les canaux.

- Vous avez raison, une journée dans les îles nous fera du bien. Prenons le bateau.

Avant de s'arrêter à Murano, maman tient à aller jusqu'aux îles de Burano et de Torcello. Les enfants apprécient les maisons aux couleurs vives de Burano et la belle promenade jusqu'à l'église de Torcello. Mais c'est Murano qu'ils attendent, Murano où habitent Carlo et sa famille.

- Je ne suis pas sûr de pouvoir trouver la maison de Carlo et peut-être n'y aura-t-il personne, dit papa.

Il préfère avertir les enfants pour qu'ils ne soient pas trop déçus s'ils repartent sans avoir vu leur protégé.

- De toutes façons, ajoute maman, j'aimerais d'abord visiter une ver- rerie.

Lucile et Julien décident de ne pas protester cette fois-ci. D'ailleurs, voir filer le verre les intéresse aussi.

Mille recommandations pleuvent sur eux lorsqu'ils pénètrent dans le magasin.

- Regardez seulement, ne touchez à rien, ne vous retournez pas brusquement.

C'est une féerie de lumières. De la plus petite coupe à la plus grande statue, tous les objets étincellent et attirent le regard. Maman admire les vases aux formes élancées, papa examine la reproduction en cristal d'une voiture ancienne. Tout un rayon est consacré aux animaux en verre de toutes tailles et de toutes couleurs.

- Vous en choisirez un lorsque nous aurons visité l'atelier, propose maman.

A l'arrière du magasin des artisans verriers travaillent la pâte de verre. Papa, qui, comme toujours, s'est renseigné, explique :

- Le matériau de base est un sable blanc très pur, la silice. On la chauffe à 1 500 degrés.

Armés d'une canne et de ciseaux,
les ouvriers font des gestes
magiques. Les objets naissent de
leurs doigts comme par enchante-
ment. Les enfants regardent des
coqs, des vases, des fleurs surgir
de la pâte en mouvement.
- Quelle chaleur ! soupire Lucile.
Au milieu des flammes et du
verre, les artisans ressemblent à
d'étranges sorciers.

- Allons, retournons au magasin pour acheter un souvenir de Murano, dit maman.

Julien sait déjà ce qu'il veut. Toujours fidèle à sa passion pour les chevaux, il a sélectionné un magnifique étalon en train de galoper.

- Moi je prends un chat, dit Lucile. Si on ne trouve pas la maison de Carlo, j'en aurai au moins vu un aujourd'hui. Et si on la trouve, ce bibelot me rappellera notre chaton vénitien.

Chapitre XIV

QUAND ON CHERCHE,
ON TROUVE

Pendant que maman règle les achats à la caisse, papa se renseigne. Par bonheur, ici comme à Venise, beaucoup de gens parlent le français, quelques mots ou quelques phrases.

Papa a l'air d'être sûr de la direction qu'il prend.

- Après cette place, il faut tourner à droite, puis à gauche...

- Rue Fabbri ! On y est ! annonce triomphalement Julien... Mince ! Il n'y a pas de numéros sur les maisons.

- Attends, j'ai une idée, dit maman.

Elle écrit sur un papier le nom et l'adresse de Carlo :

"Carlo Righieri, 12 calle Fabbri".

Elle le montre à la première dame qui passe.

- Si, si, dit la dame en montrant du doigt une maison au balcon de fer forgé, un peu plus loin.

- Je sens mes nerfs au bout des doigts, souffle Lucile à Julien.

C'est sa façon de dire qu'elle est anxieuse. La chance sera-t-elle avec eux ?

- Francese ! si ! si ! s'exclame la grande dame brune qui leur ouvre la porte.

Elle est visiblement au courant de ce qui les amène mais ne parle pas un mot de français. Heureusement, on peut se comprendre aussi par gestes.

A sa suite, parents et enfants traversent deux pièces et arrivent

dans une véranda qui donne sur le jardin. Là, deux enfants d'une dizaine d'années, une fille et un garçon, découpent des magazines.

- Francese ! redit Madame Righieri. Et en montrant les enfants, elle ajoute : Carla, Vincento.

Julien pointe son doigt sur sa sœur, puis sur lui.

- Lucile, Julien.

Ce sont des présentations un peu rapides, mais l'essentiel est dit !

Carla se lève, se dirige vers un angle de la véranda, se penche et soulève très haut une petite boule de poils roux... Le chaton bâille et tire une drôle de petite langue rose.

Les quatre enfants éclatent de rire.

- Rosso ! dit Carla.

- Ils l'ont appelé Rouquin, dit maman... Julien, c'est le moment de faire des photos !

On a beau ne pas parler la même langue, on peut avoir les mêmes goûts. Et l'après-midi se termine joyeusement autour d'une table sur laquelle Madame Righieri a posé de délicieuses pâtisseries italiennes à la crème.

Chapitre XV

LE JOUR DES SURPRISES

- Ce que vous voyez là-bas, c'est le dôme de la cathédrale de Florence, explique papa.
Des hauteurs de Fiesole, la vue est splendide.
- On va bientôt voir Marc et Marie ! fait remarquer Lucile qui consulte la petite carte confectionnée par papa. Rome n'est pas loin.

Ici les enfants ont trouvé un ami :
un gentil cocker noir de trois ans.
Il appartient à des touristes
belges, qui sont leurs voisins.
Lucile et Julien vont souvent le
caresser et le regarde d'un air api-
toyé, car il doit rester attaché.
- Papa et maman avaient raison de
ne pas vouloir emmener Flamme,
chuchote Lucile à Julien. Ce n'est
pas une vie pour un chien.
Chaque fois qu'ils le peuvent,
ensemble ou à tour de rôle, Lucile

et Julien emmènent Titus - c'est le nom du chien - faire un tour. Il faut presque tenir la laisse à deux mains car Titus fonce à droite et à gauche, heureux de se dégourdir les pattes.

- Aujourd'hui, propose papa, nous allons laisser maman visiter seule la galerie des Offices. C'est un musée de peintures et vous risquez d'y trouver le temps long. Nous allons nous promener tous les trois dans les rues, admirer les palais puis nous monterons aux jardins de Boboli. Mais auparavant, je vous invite tous au restaurant !

La "trattoria Roberto" offre les spécialités italiennes qu'adorent les enfants. Lucile a une petite pensée pour Flamme lorsqu'elle commande ses spaghettis "alla carbonara" (c'est-à-dire avec du lard et des œufs).

- Je sais à qui tu penses, Lucile.
Mais ce qui est promis est promis,
tu le sais. Nous rapporterons à
Flamme des pâtes fraîches d'Italie.
Julien a déjà attaqué sa pizza.
- Celle-ci est vraiment italienne !
Hum, elle est savoureuse !
Après le "ricotta" (ou fromage frais),
les enfants demandent grâce.
- Vous n'avez même plus de place
pour une glace ? les taquine papa.
Non, vraiment ! Ce sera pour cet
après-midi. On ne refuse pas une
glace italienne crémeuse, fondante.
- Rendez-vous devant la cathé-
drale vers dix-huit heures trente,
dit papa.
Les enfants le suivent, admirant
au passage les monuments.
- Tiens, encore un "palazzo", lance
Julien à sa sœur. Tu vois, moi
aussi j'apprends l'italien !
- Oh, les ravissants ballons !

Lucile est tombée en arrêt devant un magasin de jouets. Dans le coin droit de la devanture s'entasse une montagne de balles et de ballons. Ils sont ornés de nervures brillantes et de lignes délicates. On dirait des billes agrandies cent fois.

- C'est ma journée de bonté. Allez vous acheter chacun une balle. Mais débrouillez-vous tout seuls.
Papa tend vingt mille lires à Lucile.

- Ce n'est pas plus difficile de payer en lires qu'en francs, dit fièrement Lucile.

- Lorsque tous les pays d'Europe auront la même monnaie, ce sera quand même plus simple, affirme papa.

- Je sais, dit Lucile en entrant dans le magasin d'un pas décidé. On paiera en écus.

Qu'on les paye en francs, en lires ou en écus, les jouets qu'on désire apportent toujours beaucoup de plaisir. Lucile et Julien marchent maintenant en faisant danser leur balle dans le filet qui l'emprisonne.

- Je sens que la mienne n'a qu'une idée, c'est de sortir et de sauter, dit Julien. Papa, quand arriverons-nous aux jardins de Boboli ?

Chapitre XVI

QUI EST GUIDO ?

On y est ! Les jardins sont immenses et ornés de terrasses, de fontaines, de statues.

- Pitié pour nos pieds ! soupire Julien. Si tu veux en faire le tour, laisse-nous ici, papa. On va jouer à la balle.

Les enfants ne courent aucun danger dans ces allées verdoyantes.

- Restez ensemble, je reviens bientôt, dit papa.

Des jeunes gens, assis sur le gazon, bavardent. Ils ne parlent ni l'italien, ni le français.

- Ce sont des Allemands, je crois, suppose Lucile.

Les deux enfants s'en donnent à cœur joie. Les balles montent droit dans l'air, filent dans l'herbe, rebondissent, s'entrecroisent.

Tout à coup, du fond d'une allée, surgit un curieux couple : un homme très grand, très large, presque un géant et un tout jeune garçon très maigre. Tous deux sont vêtus de la même façon. Ils portent un étroit pantalon noir, une chemise blanche et une ceinture rouge. Arrivés à la hauteur des touristes allemands, ils s'arrêtent. L'homme sort un harmonica de sa poche et se met à jouer un air vif et gai. Aussitôt le jeune garçon, (qui doit avoir sept ou huit ans, peut-être neuf), se retourne tête en bas, commence à marcher sur les mains au rythme de la musique, saute et cabriole.

Emerveillés, Lucile et Julien s'arrêtent de jouer.

- Ma parole il est fait de la même matière que nos balles ! dit Julien. En tout cas, il rebondit aussi bien. L'enfant s'est remis sur ses pieds et tend une petite coupe de métal aux touristes qui préparent quelques pièces.

- Geld, bitte !

- Et en plus, il sait l'allemand ! remarque Lucile.

Le jeune garçon se dirige maintenant vers eux.

- De l'argent s'il vous plaît !

Lucile ouvre des yeux de plus en
plus ronds.

- Tu sais le français ?

- No, no ! de l'argent, s'il vous
plaît, signorina !

Lucile a rendu la monnaie de ses
achats à papa. Elle montre ses
mains vides. Elle a le cœur gros de
ne rien pouvoir donner à l'enfant.

- Je n'ai pas d'argent !

L'enfant a l'air de comprendre et
sourit comme pour dire : "ça ne
fait rien !".

- Guido ! appelle le géant qui
s'impatiente.

Alors Lucile a une idée, une idée
peut-être un peu bête, mais si
belle, comme celles qui viennent
du cœur. Elle ramasse sa jolie balle
toute neuve et la tend à Guido.

- Tiens, je te la donne, elle est pour toi.

Guido a compris Lucile. Il ne fait même pas semblant de refuser et dit simplement :

- Grazie !

- Ce n'est pas avec ta balle qu'il va pouvoir s'acheter des tomates, commente Lucien. Mais il pourra apprendre à en jouer avec les pieds... Ne t'en fais pas, je te prêterai la mienne.

Sur le chemin du retour, les enfants racontent leur rencontre à papa. Puis c'est au tour de maman d'entendre les détails de l'aventure. Mille suppositions viennent à l'esprit des enfants.

- Je me demande qui est Guido, dit Lucile. Peut-être un enfant volé, comme dans "Sans famille" d'Hector Malot.

- Ou bien un enfant très pauvre.

- Est-ce que tu crois qu'il va à l'école ?

- Comment a-t-il pu apprendre si jeune de telles acrobaties ?

- Un des bons côtés de la vie, leur apprend papa, c'est qu'on y rencontre beaucoup de gens mystérieux. Parfois on obtient la clé du mystère, parfois pas. Pour le moment rien à faire, mais on ne sait jamais...

Chapitre XVII

TOUS LES CHEMINS
MENENT A ROME

Enfin Rome ! Lucile, Julien et leurs
parents attendent l'avion qui vient
de France et qui doit amener leurs
amis. Tout, dans la salle d'attente
de l'aéroport, impressionne Lucile :
le va-et-vient des voyageurs pous-

sant les chariots à bagages, les annonces en plusieurs langues au haut-parleur, les hôtesses dans leur superbe uniforme bleu marine.

- Papa, est-ce qu'on prendra l'avion un jour ? demande Julien.

Il a entrevu quelques appareils sur les pistes, en arrivant, mais de loin. Voyager en avion, ce serait fantastique.

- C'est absolument fantastique ! affirment justement Marc et Marie après les embrassades et les salutations.

- On a vu le Mont Blanc d'en haut !

- On a survolé Florence !

- Le déjeuner était délicieux. Regardez, j'ai gardé les serviettes rafraîchissantes qui sont offertes aux voyageurs.

- En France, il fait 22 degrés et à Rome 28 degrés, c'est le copilote qui l'a annoncé au micro.

- Bon, je conclus que vous avez fait bon voyage, résume calmement Lucile.

Comme convenu, pendant que le papa de Marc et de Marie assistera à des réunions - le pauvre ! - parents et enfants visiteront Rome ensemble. Tout a été remarquablement organisé : l'hôtel des uns est tout près du camping des autres.

Un peu plus tard, les pieds dans la piscine de l'hôtel, Lucile et Julien bavardent avec Marc et Marie.

- Si vous saviez tout ce qu'on a à vous raconter ! s'exclame Lucile qui brûle d'impatience de faire partager à ses amis toutes ses découvertes.

Elle peut enfin leur parler de Vérone et de Roméo, de Venise et de Carlo, de Florence et de Guido.

- Dans chaque ville italienne, vous aurez le souvenir d'un Italien ! s'exclame Marie.

- Parfois de deux, précise Julien, n'oublions pas le chat Rosso !

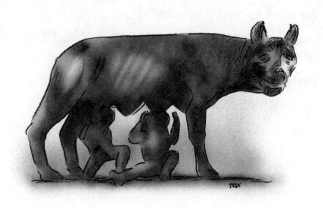

Chapitre XVIII

DANS LA VILLE ETERNELLE

Durant les jours qui suivent, les enfants font connaissance avec Rome.

- Pourquoi appelle-t-on Rome la ville éternelle ? demande Julien.

- Parce que les Romains de l'Antiquité, il y a très longtemps, pensaient que c'était la ville la plus puissante du monde et qu'elle durerait toujours. Ensuite, c'est là que le chef de l'Eglise catholique, le pape, s'est installé et il y est toujours resté.

Sur la colline du Capitole, le groupe s'arrête devant une petite statue de bronze représentant une louve.

- Rome a été fondée par Romulus, explique maman et c'est une louve qui l'a nourri lorsqu'il était bébé.

- Comme Mowgli, alors ! lance Julien.

- Mais Mowgli n'a pas fondé une ville, lui ! se moque Lucile.

- Aimer les animaux de la jungle c'est tout aussi utile ! grommelle Julien.

Le jour suivant, ils vont visiter le Colisée. C'est un immense amphithéâtre à ciel ouvert. Les enfants courent sur les gradins de pierre chauffés par le soleil puis s'asseyent.

- Je vous annonce une grande nouvelle, dit Marie. Papa a terminé tout ce qu'il avait à faire à Rome plus vite qu'il ne le pensait. A partir de demain, il sera avec nous.

- Je me demande combien de temps on va rester dans ce monument, dit Julien. Maman est plongée dans son guide, on en a encore pour une bonne demi-heure. On fait la course, Marc ? Deux tours de gradins, le premier arrivé là où on est assis a le droit de chatouiller l'autre.

- D'accord.

- Vous êtes fous, protestent les filles. Regardez plutôt les lézards, ils savent vivre, eux. Ils se chauffent au soleil en laissant passer le temps.

Mais les garçons ont besoin de mouvement. Ils s'élancent, sans se soucier des pauvres lézards qu'ils effrayent !

Les gradins ne sont pas très larges et la pierre est inégale. Courir n'est pas si facile. Marc a pris de l'avance et Julien se dit qu'il

aurait peut-être mieux fait de pro-
poser un autre jeu.

Tout à coup Marc trébuche, perd
l'équilibre et tombe sur les
genoux. Julien se précipite.

- Ça va ?

- Non, pas du tout, dit Marc en
grimaçant, il y avait un creux, je
me suis tordu la cheville.

De loin, les filles n'ont pas compris ce qui s'est passé. Elles s'ap-

prochent, intriguées de voir leurs frères immobiles.

- Alors, vous jouez aux statues éternelles dans la ville éternelle ? Est-ce-que c'est parce qu'on vous a dit de ne pas effrayer les lézards ?

Heureusement, une fois la première douleur passée, Marc peut bouger sa cheville et reposer le pied par terre.

- Ouf ! ce n'est pas une entorse ! dit-il soulagé. Pouce, on arrête !

Julien n'insiste pas. Il est bien content que les adultes, là-bas n'aient rien vu. Au fond, son idée n'était pas si bonne que cela. On ne réfléchit jamais assez !

Chapitre XIX

GUIDO REAPPARAIT

Le lendemain, les deux familles visitent la basilique Saint-Pierre et regardent de loin le balcon d'où le pape apparaît à la foule. Dans la ville, la chaleur est accablante.
- Et si nous allions prendre le frais une journée à la campagne pour finir notre séjour ? propose papa.

Tout le monde, en effet, prend le chemin du retour dans deux jours. Le village qu'ils ont choisi non loin de Rome est entouré d'oliviers. Les arbres agitent doucement leur feuillage argenté.

- Une journée au grand air, quel délice ! soupire Marie.

Au grand air, mais non au calme ! Sur la place du village un petit cirque ambulant a planté son chapiteau. Quelques caravanes et des camionnettes stationnent à côté. Une représentation est prévue pour la fin de l'après-midi. Un haut-parleur le répète toutes les 5 minutes.

- On y va ? demandent les enfants.

- Cherchons d'abord un restaurant pour déjeuner, répond papa.

Le village n'est pas grand mais le propriétaire de l'épicerie-café a installé des tables sous une tonnelle.

- Savourez bien vos dernières pâtes vraiment italiennes ! lance maman.

Marc se bat avec ses spaghettis à la sauce tomate.

- Tu vas bientôt ressembler à un peau rouge, lui dit Marie qui enroule artistiquement ses pâtes autour de sa fourchette.

Marc a de la sauce tomate partout : sur les joues, sur le bout du nez... et sur son tee-shirt blanc !

- Mets vite du sel dessus, propose Lucile qui se retient de rire.

- Un peau rouge au sel, quelle idée ! plaisante Julien.

- On ne bavarde pas à table, les enfants ! rappelle la maman de Marc et de Marie. Cessez de taquiner Marc et posez cette salière, le sel ne sert à rien... Marc, c'est trop drôle, tu as l'air d'avoir une colonie de coccinelles sur ton tee-shirt !

Marc préfère que maman prenne les choses ainsi. Il possède le don mystérieux d'attirer les taches, la poussière et la boue... Elle l'appelle d'ailleurs son "petit chiffonnier".

Après le déjeuner, tous prennent un moment de repos dans un verger d'oliviers. Le chant des cigales emplit l'air chaud.

- Quelles belles vacances ! soupire Lucile, je voudrais qu'elles durent toujours.

Un peu plus tard, sous le chapiteau de toile, ils attendent le
début du spectacle. Qui va entrer
en piste ?
Près des caravanes, ils ont aperçu
tout à l'heure des animaux, une
jeune fille en collant, un homme
enfoui dans une grande cape.
Bientôt, poneys danseurs, singes
acteurs, prestidigitateurs, clowns
se succèdent. Et tout à coup, au
moment où les acrobates entrent
en piste, Lucile pousse un cri.

- C'est Guido !

Mais oui, c'est bien le minuscule Guido et son énorme compagnon. Guido se tient debout sur la tête du géant, Guido se suspend par les pieds à son bras... Guido fait monter et descendre à toute vitesse le long de l'immense corps une balle brillante qu'il rattrape à tous les coups.

- Mais c'est ma balle ! souffle Lucile.

- Tu vois, le mystère est éclairci, dit papa. Guido fait partie des enfants du cirque, on les appelle justement les enfants de la balle !

Après le spectacle, les enfants vont voir Guido. Il est stupéfait et tout heureux de les retrouver ainsi par hasard. Il secoue la main de Lucile avec enthousiasme.

- Ah Signorina ! Firenze, Firenze ! (Florence) répète-t-il.

Chapitre XX

AU REVOIR L'ITALIE !

- Signorina, si, si ! continue Guido en plantant un baiser sur les deux joues de Lucile.

Sa joie fait plaisir à voir et les enfants n'ont pas envie de le quitter à peine retrouvé. Ils aimeraient bien qu'il leur fasse visiter le cirque.

Le géant qui les impressionne tant apparaît auprès d'une caravane.

- Papa ! appelle Guido.

Encore un mystère éclairci : Guido n'est pas un enfant volé !

Parents et enfants finissent par se comprendre grâce à un mélange d'italien, de français et de gestes énergiques. En quelques minutes on se met d'accord : pendant que les adultes iront prendre un rafraîchissement, Guido montrera le campement et les animaux aux enfants. Rendez-vous dans une heure.

Guido conduit tout d'abord ses amis à la camionnette des singes. Dans leurs cages les animaux les regardent approcher avec curio-sité.

- Rita ! appelle Guido.

Une jeune guenon, le museau entre les barreaux, pousse de

petits cris stridents et se met à sauter sur place.

Guido s'approche, ouvre la cage et Rita lui saute dans les bras. Elle caresse la joue du jeune garçon, lui ébouriffe les cheveux.

- Est-ce-qu'il a le droit de la faire sortir ? murmure Lucile.

Guido sort de sa poche un collier et une longue laisse. Rita passe sa tête dans le collier et saute à terre.

- Elle a certainement l'habitude de se promener avec lui, dit Marc.

Rita examine les enfants avec attention puis se plante devant Marie et lui tire le bas de sa robe.

Toujours par gestes, Guido explique que Rita veut que Marie la prenne dans ses bras. Marie n'est pas trop rassurée mais Rita a des yeux si doux, si suppliants...

- Allez viens !

Aussitôt dans les bras de la fillette, la petite guenon s'empare du bandeau rouge de Marie et se le met autour du cou en poussant des cris de contentement. Puis elle retourne à terre et enchaîne cabriole sur cabriole. Les enfants éclatent de rire.

- Quelle coquette ! dit Lucile.

- Elle ne se pose pas de question, elle ; ce qu'elle veut, elle le prend ! dit Julien.

- Alors, tu lui en fais cadeau ?
demande Marc.
- Naturellement, dit Marie, elle est
trop rigolote comme ça !
La visite continue dans le pré voi-
sin. Rita a pris la tête.
- On dirait qu'elle nous guide !
remarque Julien.
Dans le pré broutent les poneys
que les enfants ont vu danser tout
à l'heure. Sans leur harnache-

ment, leurs pompons, leurs clo-
chettes, ils ont l'air minuscules et
fragiles. Les enfants sont tout
attendris.

- On n'a rien à leur offrir, regrette
Julien.

- Moi, si, j'ai ramassé les sucres
que nos parents ont laissés au
café, dit Marie.

- La gourmandise est un vilain
défaut, mais là, bravo ! N'oublie
pas Rita, les singes aiment aussi
le sucre.

Les petits poneys ont l'air d'appré-
cier les douceurs... Ils en rede-
mandent en hennissant.

- Ma provision est terminée,
regrette Marie.

Rita est montée sans façon sur le
dos d'un des poneys. Visiblement,
les animaux se connaissent.

- Ça doit être fantastique de vivre
dans un cirque, rêve Julien.

- Mais pour aller à l'école, quelles complications ! Une fois ici, une fois ailleurs, je n'aimerais pas trop, répond Marie qui n'apprécie pas l'imprévu.

Guido les ramène bientôt auprès des caravanes. Rita se dirige tout droit vers l'une d'elle, ouvre la porte et attend... Guido a l'air de la comprendre et se met à rire. Il entre et ressort aussitôt avec une boîte de gâteaux. Naturellement, Rita est la première servie.

- Quelle chipie ! remarque Julien. Non seulement elle est coquette, mais elle est aussi gourmande. Décidément, vous vous ressemblez ! lance-t-il à Marie.

Celle-ci lui tire la langue. Aussitôt, Rita en fait autant. Les enfants pouffent de rire.

- Nos dernières heures en Italie ne sont pas tristes. Merci Rita ! dit Lucile en caressant la petite guenon.

En effet, il faut se quitter. Les parents sont revenus chercher les enfants, l'heure avance et il faut retourner à Rome pour préparer le grand départ.

Et c'est un peu l'Italie que les enfants ont l'impression de quitter lorsqu'ils s'exclament en partant :

- Au revoir, Guido ! Arrivederci !

Table des matières

© 1992, Editions S.A.E.P. 68040 INGERSHEIM

Loi 49-956 du 16 juillet 1949 sur les Publications
destinées à la Jeunesse
Dépôt légal 3ᵉ trimestre 1992 - Imp. nº 1 995
ISBN 2-7372-7175-4   Imprimé en C.E.E.